L'AMOUR ET LES POULES,

COMÉDIE-FOLIE EN UN ACTE,

Par MM. JOUSLIN DE LA SALLE, ST. AMAND et HENRY.

Représentée, pour la première fois, à Paris, sur le Théâtre de la Gaîté, le 16 janvier 1827.

PRIX : 1 fr. 50 c.

PARIS,

BEZOU, LIBRAIRE,

SUCCESSEUR DE M. FAGES,

AU MAGASIN DE PIÈCES DE THÉATRE, BOULEVARD SAINT-MARTIN, N°. 29, VIS-A-VIS LA RUE DE LANCRY.

1826.

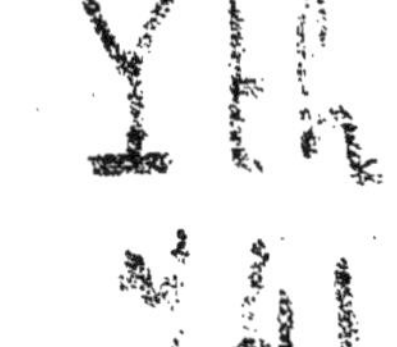

PERSONNAGES.	ACTEURS.
M. DUBREUIL.	M. JOSEPH.
MLLE. DESAMOURS , sa sœur.	Mme. LACAILLE.
ERNESTINE , leur nièce.	Mlle. GOUGIBUS.
ARMAND D'ARCOURT , jeune officier , amant d'Ernestine.	M. THIERRY.
CHARLES, ⎫ Étudians. LECOQ, ⎭	MM. CAMIADE. BOUFFÉ.
MARIANNE , domestique de Dubreuil.	Mme. CHEZA.
GRIPESOLEIL , jardinier.	M. MERCIER.
SANSQUARTIER , hussard , valet d'Armand.	M. PLANÇON.
DOMESTIQUES.	

La Scène se passe en province aux environs d'une grande ville.

L'AMOUR

ET

LES POULES.

Le Théâtre représente une jolie campagne; à droite une belle maison avec un balcon.

SCÈNE PREMIÈRE.

ARMAND, SANSQUARTIER, MARIANNE.

MARIANNE, sur le balcon.

C'est vous, M'sieur Armand..... bon, j'allons prévenir Mam'selle.

(*Elle rentre.*)

ARMAND.

Toi, Sansquartier, vîte à ton poste, et de la vigilance surtout.

SANSQUARTIER.

Soyez sans inquiétude, à la moindre apparence d'ennemi, je donne l'allarme, et je me replie sur le quartier-gé-néral.

ARMAND.

J'aperçois Ernestine.

SANSQUARTIER, *à part en s'en allant.*

Tandis que mon capitaine s'occupe de son amour, je vais m'occuper de pourvoir à mon déjeûner. Vîte à la maraude.

(*Il sort.*)

SCÈNE II.

ARMAND, ERNESTINE, *sur le balcon.*

ARMAND.

Il me tardait de vous voir, Ernestine.

ERNESTINE.

Parlez plus bas... si ma tante vous entendait !...

ARMAND.

Qu'avez-vous à m'apprendre ?...

ERNESTINE.

Armand, il faut cesser de nous aimer.

ARMAND.

Cesser de nous aimer ?... impossible !...

ERNESTINE.

Mon oncle m'a dit hier qu'il allait me marier !

ARMAND.

Qu'entends-je ?... eh ! bien, si vous lui faisiez l'aveu de notre amour ?

ERNESTINE.

Je ne l'oserais... vous connaissez son inflexibilé...

ARMAND.

Peut-être qu'avec l'appui de votre tante...

ERNESTINE.

Ma tante !... la lecture des romans lui a si bien tourné la tête, que sa protection ne pourrait que nous nuire dans l'esprit de mon oncle.

ARMAND.

Quel parti prendre?

ERNESTINE.

Je ne sais...

ARMAND.

La ruse seule !... Ernestine, il est un moyen; consentez à vous laisser conduire chez cette parente que vous avez à quelques pas d'ici.

ERNESTINE.

Y pensez-vous? Armand !...

ARMAND.

Ce n'est qu'un stratagême !... ce soir je me trouverai à la petite porte du parc; il y va de notre bonheur... Ernestine, répondez?

ERNESTINE.

Non, non, je ne puis me décider...

Une voix dans la coulisse.

Au voleur !... au voleur !...

SCÈNE III.

Les Mêmes, SANSQUARTIER.

SANSQUARTIER, accourant.

Sauve qui peut, mon capitaine, on est sur mes talons.

ARMAND, à Ernestine.

Ernestine, de grâce?...

ERNESTINE.

Eh bien ! revenez dans quelques heures d'ici là, si je n'ai pas trouvé l'occasion de tout avouer à mon oncle, un billet jeté de ce balcon vous instruira de mes intentions.

La même voix.

Au voleur !... au voleur !...

SANSQUARTIER.

Vous n'y songez pas ! mon capitaine, l'ennemi est à nos
trousses !... (*A part.*) Diable d'homme ! j'ai failli anjour-
d'hui être pris au trébuchet...

ARMAND.

Adieu !... Ernestine !... viens, Sansquartier.
(*Armand et Sansquartier se sauvent ; Esnestine rentre..*)

SCENE IV.

GRIPESOLEIL, *à moitié habillé, un bonnet de nuit sur la
tête, et un bâton à la main.*

Au voleur !.. au voleur !... il me paraît que l'voleur se s'ra
encore envolé avec ma poule... Il faut que ce gaillard-là soit
un fameux amateur de volailles ; v'là un mois que çà dure,
et du train que ça va, il aura bientôt dégarni not' poulailler.

SCENE V.

Les Mêmes, **DUBREUIL, ERNESTINE, MARIANNE,**
puis MLLE. **DESAMOURS** *sur le balcon.*

DUBREUIL.

Quel sabbat faisais-tu donc-là ?

MLLE. DESAMOURS, sur le balcon.

En vérité il n'est pas permis de troubler ainsi le repos
des gens ; vous venez par vos cris de mettre fin au songe le
plus enchanteur !... figurez-vous, mon frère...

DUBREUIL.

Peste soit de la folle avec ses rêves ! eh ! ma sœur, allez-
vous recoucher, et laissez-moi m'informer de ce qui se passe

dans ma maison. (*A Gripésoleil.*) Au fait, m'expliqueras-tu ?...

(*Mademoiselle Desamours quitte le balcon, et vient en scène.*)

GRIPESOLEIL.

Ben volontiers... D'puis queuqu' temps j' m'aperçois qu'on me déniaise mes poules : c' matin j'ons entendu l' voleur, j'ons crié, vous êtes sorti, et c'est tout.

DUBREUIL, avec intention en regardant sa nièce.

Fort bien... mais on m'a assuré que ce n'est pas seulement à nos poules que l'on en veut.

ERNESTINE, à part.

Saurait-il qu'Armand ?...

DUBREUIL, toujours de même.

J'aime à croire cependant que quels que soient les projets de ces extravagans, ceux à qui ils s'adressent sauront bien nous mettre à l'abri de leurs entreprises ; pour toi, Gripesoleil, redouble de vigilance, et si tu peux surprendre ton croqueur de poules...

GRIPESOLEIL.

Soyez tranquille, j' lui f'rons passer un vilain quart d'heure!..

(*Il sort.*)

DUBREUIL, à Ernestine qui va pour rentrer.

Un moment, ma nièce, j'ai à vous parler, et l'entretien que nous allons avoir ne peut vous déplaire, puisqu'il s'agit de mariage.

MARIANNE, bas à Ernestine.

V'là l'instant de tout l'y dégoiser, mam'selle.

ERNESTINE, de même.

Je n'oserai jamais.

MLLE. DESAMOURS.

Mais, mon frère... avant de donner un époux à Ernestine, avez-vous consulté cette douce sympathie des âmes, sans laquelle il n'est pas de véritable félicité ? et qui...

DUBREUIL, l'interrompant.

Ah ! ça, ma sœur, pour l'amour de Dieu, faites-moi grâce
de votre galimathias, et laissez-moi marier ma nièce.

MLLE. DESAMOURS.

Votre nièce est aussi la mienne, Monsieur, et je ne souf-
frirai pas...

DUBREUIL.

Qu'on la marie raisonnablement, n'est - ce pas ? il vous
faudrait sans doute un de ces mariages de roman...

MLLE. DESAMOURS.

Pourquoi pas ?... je vous avouerai même que si je ne me
suis pas encore mariée, c'est que jusqu'à présent tous ceux
qui sont venus me demander ma main, s'y sont pris tout
bonnement.

DUBREUIL.

Oui dà, ma sœur; eh! bien, moi, je vous déclare que, comme
je n'aime pas les extravagances, quand vous rencontrerez
un de ces chevaliers galans comme il vous les faut, vous irez
dehors de chez moi filer votre roman. (*A Ernestine.*) Pour
vous, ma nièce, vous connaissez mes intentions, disposez-
vous à m'obéir.

(*Il sort.*)

MLLE. DESAMOURS.

Il n'y a pas d'idée d'une pareille tyrannie.

MARIANNE, bas à Ernestine.

Eh! ben, mam'selle, qu'est-ce que vous décidez?

ERNESTINE.

Mon parti est pris!... je vais écrire à Armand.

(*Marianne rentre.*)

SCENE VI.

Les Mêmes, CHARLES, LECOQ.

(Charles est vêtu à peu de chose près comme Armand ; Lecoq
a une mise originale sans être caricature.)

LECOQ.

Peste soit de l'entêtement ; tu n'as pas voulu demander
ton chemin, et nous voilà égarés... il y a au moins trois
heures que nous marchons, et je meurs de faim et de
soif.

CHARLES, avec un air d'impatience.

Que veux-tu que j'y fasse ?... c'est un petit malheur !... tu
n'es jamais content.

LECOQ.

Content, il y a de quoi l'être... voyager comme ça à jeun...
encore si nous rencontrions quelqu'un qui pût nous indiquer
notre route....

CHARLES.

Parbleu, tiens, je vais m'adresser à ces dames. (*Les*
regardant.) Oh! mon cher, la jolie personne, vois-
donc ?...

(Mademoiselle Desamours prend cette exclamation pour
elle.)

CHARLES, s'approchant.

Pardon, Mesdames, auriez-vous la bonté de nous dire si
nous sommes éloignés de la ville ?

MLLE, DESAMOURS.

Vous avez pour dix minutes de chemin tout au plus en
prenant de ce côté.

CHARLES.

Je vous remercie infiniment... pardon de la liberté... mais
quand on est étranger...

L'Amour et les Poules.

MLLE. DESAMOURS.

Monsieur voyage sans doute pour affaires?

CHARLES.

Non, Madame...

MLLE. DESAMOURS.

J'entends... c'est pour son plaisir... et Monsieur voyage à pied?

CHARLES.

Par goût je préfère cela.

LECOQ, à part.

J' crois ben, il y a de bonnes raisons.

MLLE. DESAMOURS.

En effet, cela a quelque chose de romantique.

LECOQ, à part.

Et surtout d'économique!

MLLE. DESAMOURS.

Monsieur aurait - il l'intention de séjourner dans ce pays?

CHARLES.

Je n'en avais d'abord nulle envie, mais depuis que j'ai eu le bonheur d'y voir de si charmantes personnes, je me sens beaucoup de goût pour l'habiter.

MLLE. DESAMOURS, à part.

On n'est pas plus aimable et plus galant...

MARIANNE, sortant de la maison.

Monsieur Dubreuil prie ces dames de se rendre près de lui.

MLLE. DESAMOURS, à part.

Maudit soit l'importun qui vient troubler une conversation qui commençait si bien... (*A Marianne.*) Il suffit, nous rentrons. (*A. Charles.*) Excusez, Monsieur, si nous ne pouvons rester plus long-temps...

CHARLES.

Ne faites pas attention, je vous en prie.

(*Ernestine et Marianne rentrent ; mademoiselle Désamours les suit. Auparavant elle fait à Charles une révérence très-gracieuse, et dit à part : Il est charmant.*)

SCENE VII.

CHARLES, LECOQ.

LECOQ.

Ah ! ça voyons à présent que cette vieille folle est rentrée, j'espère que nous allons nous remettre en route ; il tarde à mon estomac d'être arrivé.

CHARLES.

•Que parles-tu donc de nous remettre en route ? je reste ici, mon cher Lecoq.

LECOQ.

Pourquoi faire ?...

CHARLES.

Tu as vu cette charmante personne, et tu me le demandes ?

LECOQ.

En vérité, je crois que tu perds la tête ; tiens, veux-tu que je te parle franchement ; si j'ai un regret, c'est d'avoir prêté l'oreille à tes extravagances.

CHARLES.

Que veux-tu dire ?

LECOQ.

Que nous aurions mieux fait, au lieu d'aller courir les aventures, ainsi que nous le faisons, de rester tranquillement à Paris pour achever nos études.

CHARLES.

Tu n'y penses pas, mon ami ; est-il une existence plus agréable que celle que nous menons ?

LECOQ.

Oui... courir les champs par un soleil diabolique, mourir de faim et de soif, coucher à la belle étoile ; voilà les roses du métier.

CHARLES.

Tous ces petits inconvéniens, je les partage avec toi.

LECOQ.

D'accord, mais je ne m'en trouve pas mieux pour cela ; je te le répète, si c'était à recommencer, je ne quitterais pas, comme je l'ai fait, ma petite chambre du sixième étage de la rue Serpente, et quoique mon petit traiteur de la rue de la Huchette ne soit pas un Véry, il s'en faut de beaucoup, je donnerais tous tes repas champêtres pour mon copieux dîner à vingt-deux sous par tête.

CHARLES.

Eh ! que diable, mon ami, il fallait faire tes réflexions avant de partir.

LECOQ.

Sans doute, mais tu m'as fait un tableau si séduisant de ce genre de vie, tu m'as tant répété que nous ne pourrions manquer de rencontrer quelques riches héritières qui, éprises de nos tournures, voudraient à toute force nous épouser, que, ma foi, je me suis laissé séduire, et un beau matin, après avoir vendu mes livres pour me procurer de l'argent, j'ai fait mon paquet que j'ai mis dans ma poche et, moderne troubadour, je suis parti de compagnie avec toi, pour courir apr 'a fortune, du train que ça va, du diable si nous l'attrapons. Malgré notre économie, notre argent diminue tous les jours, et nous n'avons pas encore eu la moindre petite aventure.

CHARLES.

Quoi ! aurais-tu donc déjà oublié ce qui nous est arrivé avec cette petite mariée ?

LECOQ.

Je te conseille de parler de cette aventure-là... elle à joliment tournée pour moi. Nous arrivons dans un village où il y avait une noce ; nous nous glissons parmi les invités, pendant qu'on dansait ; tu contes fleurette à la mariée, le mari t'entend, fait du bruit, j'arrive pour prendre ton parti, la querelle s'échauffe, toi, tu t'esquives prudemment à la faveur du bruit, et tu laisses fondre l'orage sur mes épaules ....

CHARLES.

Enfin, mon ami, c'est égal, c'est toujours une aventure.....

LECOQ.

Je te suis bien obligé, mais si je savais en avoir beaucoup comme celle-là, j'aurais bientôt pris mon parti.

CHARLES.

Prends courage, j'ai le pressentiment qu'il doit nous arriver ici quelque aventure agréable qui réparera tout ce qui nous est arrivé de fâcheux.

LECOQ.

Et sur quoi fondes-tu cette idée ?

CHARLES.

Sur l'accueil gracieux que ces dames nous ont fait.

LECOQ.

J'ai bien remarqué que la vieille avait répondu à la galanterie, mais je n'ai pas vu que l'autre... à moins, cependant que la servante qui était là aussi. .

CHARLES.

Fi donc... non, je parle de la plus jolie des trois... tiens, entre nous, je ne serais pas surpris d'avoir produit un certain effet sur cette femme-là.

LECOQ.

Prends garde de te blesser, entends-tu ?

CHARLES.

Ecoute donc, mon cher, on connait son mérite, et l'on
a vu des choses plus extraordinaires que celles-là.

LECOQ.

Laisse-moi donc tranquille.

CHARLES.

Oui?... eh ! bien, puisque tu me pousses à bout, veux-tu
parier que la jeune personne répondra à més avances.

LECOQ.

Volontiers, et si tu réussis, je consens à passer pour un
sot.

CHARLES.

C'est dit. Pour commencer je vais lui écrire un billet que
tu te chargeras de lui remettre.

LECOQ.

Non pas, non pas, s'il vous plaît.

CHARLES.

N'importe, je trouverai bien un moyen.

LECOQ.

Comme tu voudras; mais que vais-je faire en t'attendant?

CHARLES.

Eh, bien ! dors ?

LECOQ.

C'est ça, qui dort déjeûne... au fait je crois que c'est encore
ce que j'ai de mieux à faire. (*Il se couche sur un banc de
gazon.*) Surtout dépêche-toi.

CHARLES.

Sois tranquille. (*Il s'assied au pied d'un arbre, mais de
manière à tourner le dos au balcon.*) Ecrivons. (*Il écrit
sur ses tablettes.*)

SCENE VIII.

Les Mêmes, ERNESTINE, *sur le balcon.*

ERNESTINE.

Je tremble d'être aperçue !... et Armand... (*Apercevant Charles, et trompée par le costume, elle le prend pour Armand.*) Ah ! le voilà ! il ne me voit pas, comment faire ?... l'appeler, on pourrait m'entendre. Ah !... (*Elle tousse.*) Hem ! hem ! hem ! (*Elle laisse tomber le billet, et se retire précipitamment.*)

SCÈNE IX.

CHARLES, LECOQ, *endormi.*

CHARLES, se retournant.

Que vois-je ?... un papier que l'on vient de jeter de ce balcon ?.. que veut dire ceci ? lisons vîte. (*Après avoir jeté un coup d'œil sur le papier.*) Est il possible ? est-ce un rêve ? (*Il retourne près de Lecoq, qu'il secoue.*) Lecoq ! Lecoq !...

LECOQ, endormi.

Laisse-moi donc dormir... c'est ennuyeux.

CHARLES.

Réveille-toi, te dis-je; un poulet, mon ami, un poulet.

LECOQ, se levant brusquement.

Un poulet ?.. ah ! ça vient bien à propos, car j'ai un appétit d'enfer. Où est-il ?

CHARLES, lui montrant la lettre.

Le voilà !

LECOQ.

Le diable t'emporte avec tes plaisanteries ! voyons qu'est-ce que c'est ?

CHARLES.

Une lettre qu'on vient de me jeter de ce balcon.

LECOQ.

Une lettre ?... et de qui ?...

CHARLES.

Parbleu, de la petite personne en question, elle est amou-
reuse folle de moi, mon cher...

LECOQ.

Ah! ça, dis donc si c'est pour te moquer de moi que tu
m'as réveillé .. il me semble que tu pouvais attendre...

CHARLES.

Je ne plaisante nullement, lis, tu vas voir.

LECOQ.

Comment, vrai!... je suis curieux de voir le style de l'a-
moureuse. (*Il lit.*) « J'ai recours à vous pour me soustraire
» à un hymen que je déteste... je me rendrai à la nuit,
» suivie de Marianne, à la petite porte du parc ; disposez
» tout avec votre valet... » (*Il s'interrompt.*) Dis - moi
donc, est-ce que ce serait moi par hasard qu'elle aurait pris
pour ton valet?...

CHARLES.

Cela se pourrait bien.

LECOQ.

C'est fort agréable. (*Il continue.*) « Disposez tout avec
» votre valet pour me conduire dans un lieu sûr, d'où nous
» parviendrons peut-être à fléchir mon oncle, et à le faire
» consentir à notre mariage. Je connais toute l'imprudence
» de ma conduite, mais mon amour pour vous me servira
» d'excuse. » Ah ! c'est gentil la fin... j'crois avoir vu ça
dans le Secrétaire des amans.

CHARLES.

Qu'en dis-tu?... eh! bien, avais-je tort de vouloir rester
dans ces lieux ; tu m'accusais de présomption, tu me plaisan-
tais sur mon amour-propre.

LECOQ.

Foi de Lecoq, je n'en reviens pas.

CHARLES.

Et moi donc, je ne me sens pas de joie!

LECOQ.

En attendant, je suis curieux de savoir ce que tu vas faire de ta future; tu ne peux pas la laisser coucher à la belle étoile, passe pour moi .. mais elle?

CHARLES.

Diable, sans doute!... eh! parbleu je me souviens d'avoir remarqué une auberge à cent pas d'ici; je cours y faire tout préparer pour la recevoir, mais comme pendant ce temps elle pourrait envoyer sa suivante chercher ma réponse, je vais lui écrire un billet que tu lui remettras dès que tu l'apercevras.

LECOQ.

C'est ça, je suis toujours de planton pour les corvées! c'est égal, écris toujours, je prendrai mes précautions.

(Charles écrit sur ses tablettes, tandis que Lecoq, derrière lui, lit ce qu'il écrit.)

SCÈNE X.

Les Mêmes, MLLE. DESAMOURS.

(Elle paraît sur le balcon, et elle est voilée.)

MLLE. DESAMOURS, sans apercevoir Charles.

Ce jeune homme m'a regardée tantôt d'un air tout particulier... Bon, quel enfantillage d'aller m'imaginer que mes faibles appas ont eu assez d'empire sur cet aimable étranger pour... (*Apercevant Charles et Lecoq.*) O ciel! dois-je en croire mes yeux? non, je ne me trompe pas, c'est lui! c'est mon inconnu! plus de doute, il m'adore!...

CHARLES, pliant sa lettre.

Voilà qui est fait ! (*Regardant sur le balcon.*) Eh ! mon ami, que te disais-je ? on vient chercher la réponse. (*Tous deux font de grandes salutations.*) Personne ne peut nous voir, je vais jeter mon billet sur le balcon et nous irons ensuite tout disposer pour l'enlèvement.

(*Il jette le billet et sort avec Lecoq, après avoir fait de nouvelles salutations.*)

SCENE XI.

Mlle DESAMOURS, *seule.*

Ah ! le petit inconséquent !... Ramassons vîte cette lettre, car le monde est si méchant ; (*Elle la ramasse.*) Le style j'en suis sûre, doit en être charmant.... (*Elle regarde de tous côtés.*) Lisons !.. comme ma main tremble !... (*Elle lit.*) « Mon cœur s'est laissé prendre au piége que lui ont » tendu vos beaux yeux ; il n'est rien que je n'entreprenne » pour vous soustraire à la violence de votre tyran, aussi » vais - je tout disposer pour vous enlever....

Pour m'enlever, grand dieu !

(*Elle continue :* « Et dès qu'il en sera temps, une plain- » tive romance vous instruira.... »

Cette lettre me cause une émotion, je ne sais où j'en suis... me voilà dans une situation bien embarrassante... Quelqu'un s'avance, c'est sans doute lui... ne balançons plus !.. Charles !.. Charles !.. je m'abandonne à toi !

(*Elle rentre.*)

SCENE XII.

ARMAND *, seul.*

Le délai qu'Ernestine m'a marqué est expiré!... qu'aura-t-elle décidé? je brûle de le savoir !.. c'est la première fois qu'elle a promis de m'écrire..., Si , arrêtée par de vains scrupules, elle allait manquer à sa parole! .. oh! non, elle en est incapable.... Puisse ce premier billet être favorable à mon amour !

(*En ce moment mademoiselle Desamours paraît sur le balcon ; prenant Armand pour Charles, elle jette son billet et se retire.*)

Que vois-je? une lettre ! c'est d'Ernestine... Lisons vîte. (*Il lit.*) « Je souscris à tout, et je suis prête à vous suivre. » (*Après avoir lu.*). Charmant billet! tu me rends le plus heureux des hommes! (*Il le baise.*) Courons rejoindre Sansquartier et rendons-nous ensuite à la petite porte du parc.

(*Il sort en courant.*)

SCENE XIII.

CHARLES, LECOQ.

CHARLES.

Peste soit du cabaretier qui nous fait payer au poids de l'or un méchant taudis dans lequel le vent entre de tous côtés!

LECOQ.

Que veux-tu? il a vu que nous en avions besoin, il nous a rançonnés; aussi je te conseille de te marier le plutôt possible, car cette aventure vient de porter un coup terrible à notre bourse, et si avant peu tu ne touches une dot , je ne sais pas comment tu feras pour nourrir ta future.

CHARLES.

Sois tranquille ; il est un dieu qui protége les amans.

LECOQ.

Si ce dieu là leur envoie de l'argent quand ils n'en ont
plus, nous lui donnerons bientôt de l'occupation.

CHARLES.

Ah ! ça ; toutes nos mesures sont prises, donnons le signal
convenu. Voyons ! chante les paroles que je viens d'impro-
viser.

LECOQ.

J'y suis ; tu es bienheureux que j'aie une belle voix.

(*Il chante sur l'air de Femme sensible.*)

Femme sensible à l'amour qui t'implore,
Entends les vœux d'un cœur qui fait tic-toc !
C'est mon ami, mon ami qui t'adore,
Et c'est pour toi qu'il fait chanter Lecoq.

SCENE XIV.

Les Mêmes, Mlle. DESAMOURS, sur le balcon et toujours voilée.

CHARLES.

Quelqu'un paraît sur le balcon.

Mlle. DESAMOURS.

Il me semble avoir entendu les accens mélodieux d'une
voix céleste répétée par les échos silencieux d'alentour... Je
ne me suis pas trompé... c'est lui !

CHARLES.

C'est elle ! (*A demi-voix au bas du balcon.*) Ah ! mademoiselle, pardonnez l'aveu d'une passion qui ne finira qu'a-vec moi.

MLLE. DESAMOURS.

Dois-je vous croire ?

CHARLES.

Jamais je n'eus plus de franchise.

MLLE. DESAMOURS.

Amour, tu l'emportes! Eh! bien, dans un instant à la petite porte du parc.

(Elle rentre.)

CHARLES.

J'y vole ! (*A Lecoq.*) Toi, reste ici pour voir l'effet que produira cet enlèvement, et dès que tu sauras quelque chose, viens me rejoindre à l'auberge du Grand-Cerf.

LECOQ.

Ça suffit.

(Charles sort en courant.)

SCENE XV.

LECOQ, *seul.*

Enfin, grâce au ciel, voilà donc une aventure qui prend une bonne tournure. Cette grosse fille ne m'a pas semblé mal, et ma foi à défaut de la maîtresse. Allons, allons, parlez-moi de ça.... si l'on réussissait toujours ainsi, ce serait un plaisir.

SCENE XVI.

LECOQ, GRIPESOLEIL.

(Il arrive furtivement un gros bâton à la main.)

GRIPESOLEIL, à part.

Y a une heure que j'entendons chuchotter, voyons donc si ça n's'rait pas not'dénicheux d'poules.

LECOQ, sans le voir.

C'est fort heureux que le hasard nous ait conduits ici, car sans cela nous aurions manqué cette bonne aubaine.

GRIPESOLEIL, à part.

Hein, que dit-il ?

LECOQ, à lui-même.

Charmant poulet ! tu m'a rendu le courage qui commençait à m'abandonner.

GRIPESOLEIL, à part.

Il parle de poulet... plus de doute, je le tenons !

LECOQ, toujours à lui-même.

Et vous, aimable créature que nous avons ravie à votre argus, soyez sans inquiétude, vous ne vous repentirez pas d'avoir suivi Lecoq.

GRIPESOLEIL, à part.

Là, voyez-vous ben, c'est lui qui m'a pris mon coq.

LECOQ, à part.

Ce qui me fait rire, c'est la mine allongée qu'auront ces braves gens, lorsqu'ils verront qu'elles sont dénichées.

GRIPESOLEIL.

Ah! c'est trop fort! (*Il le prend au collet.*) Alte-là, coquin ?

LECOQ.

Eh bien ! qu'est-ce qu'il a donc celui-là ?

GRIPESOLEIL.

Tu le sauras tout à l'heure; j'étions là depuis un moment, j'ons tout entendu.

LECOQ, à part.

Ah! maladroit!..

GRIPESOLEIL.

C'est donc toi, ravisseur, qui t'introduis chez nous pour nous enlever not'bien!

LECOQ, à part.

C'est sans doute quelqu'un de la maison... comment me tirer de là? (*Haut.*) Ecoutez, parlons sans nous échauffer ; je conviens que c'est moi....

GRIPESOLEIL.

Ah! tu en conviens.... c'est fort heureux!... Eh! bien, où sont-elles?... rends-les moi tout de suite, ou je t'assomme.

LECOQ.

Doucement, que diable! on laisse du moins aux gens le temps de s'expliquer. Il est vrai que c'est mon ami Charles et moi qui les avons enlevées, mais je vous jure que nous n'avons jamais eu que des intentions pures et des vues honnêtes.

GRIPESOLEIL.

Pardié, oui, ben honnêtes vraiment! Encore ce qui me damne, c'est qu'ils sont tombés sur c'que nous avions de plus jeune!

LECOQ.

La belle affaire! ne croyez-vous pas que nous en aurions voulu si elles eussen tété vieilles.

GRIPESOLEIL.

Et gentilles!

LECOQ.

A croquer!

GRIPESOLEIL.

J'suis sûr qu'elles sont d'un tendre!..

LECOQ.

Ah ! ça, je vous en réponds !..

GRIPESOLEIL.

Là , quand j'vous dis ; c'est pour vous qu'on les élè-
vera !....

LECOQ.

Parbleu, pour nous ou pour d'autres, qu'est-ce que cela
fait ?

GRIPESOLEIL

Ça fait que j'aimons mieux les garder pour nous.

LECOQ.

Pour vous ? allons donc, vous êtes trop vieux.

GRIPESOLEIL.

Vous allez voir que parce que j'sommes vieux...

LECOQ.

Tiens, à votre âge !

GRIPESOLEIL.

Au surplus , j'n'entendons pas toutes ces raisons-là ; et si
vous n'me dites pas à l'instant où elles sont, j'allons vous
rosser d'importance.

LECOQ.

Ah ! ça, voyons, pas de mauvaises plaisanteries; qu'est-
ce que c'est donc que ça ?

GRIPESOLEIL.

Je n'plaisante pas. Dis moi où elles sont ?

LECOQ.

Eh ! parbleu, nous ne les avons pas mangées !

GRIPESOLEIL.

Ça n'est pas sûr !

LECOQ.

Comment, ce n'est pas sûr ?

GRIPESOLEIL.

Non, ça n'est pas sûr !

LECOQ.

Il est fort celui-là !

GRIPESOLEIL.

Attends, attends, va, j'allons ben t' faire parler....
(*Il le saisit de nouveau en criant :*) Au voleur!... au voleur!...

LECOQ.

Peste soit de l'aventure ! me voilà dans de beaux draps ;
encore si Charles pouvait revenir !

SCENE XVII.

Les Mêmes , M. DUBREUIL , Domestiques.

M. DUBREUIL.

Qu'as-tu donc, Gripesoleil ?

GRIPESOLEIL.

Arrivez, arrivez, j'tenons not'voleur.... (*Aux Domes-*
tiques.) Saisissez-moi c'coquin-là ?

LECOQ.

Ah ! ça , un instant; il n'est pas question de voleur
ici.

GRIPESOLEIL.

Tu veux nier maintenant, mais il est trop tard ; et n'fallait
pas tout avouer n'y a qu'un instant.

LECOQ.

Eh ! bien, quoi ; je ne disconviens pas que nous les avons
enlevées, parce que nous en étions amoureux.

GRIPESOLEIL, surpris.

Amoureux de nos poules !

LECOQ.

Mais il y a deux heures que je vous dis que nous n'avons
que de bonnes intentions, et que nous sommes prêts à
épouser.

L'Amour et les Poules.   4

GRIPESOLEIL, encore plus surpris.

Épouser nos poules !

LECOQ, impatienté.

Ah ! ça, qu'est-ce qu'il a donc celui-là avec ses poules ?

M. DUBREUIL , à Lecoq très-poliment.

De qui parlez-vous donc, Monsieur ?

LECOQ.

Eh ! mon dieu, d'une jeune personne qui demeure là et qui tantôt nous a prié de l'enlever pour l'arracher à la violence d'un oncle qui voulait la marier contre son gré...

M. DUBREUIL.

Qu'entends-je? c'est ma nièce?

LECOQ.

Sa nièce !

GRIPESOLEIL.

En v'là ben d'une autre !

M. DUBREUIL, avec colère.

Infame suborneur, tu ne m'auras pas bravé impunément!.. (*Aux Domestiques.*) Emparez-vous de ce drôle, et s'il ne dit pas à l'instant où il a conduit ma nièce, qu'on l'éreinte à coups de bâtons.

LECOQ.

Voilà ce que c'est ... on ne les entend parler que de bâton ici.

SCENE XVIII.

Les Mêmes, ARMAND.

ARMAND, qui a entendu la fin de la scène.

Arrêtez, Monsieur, ce jeune homme vous en impose; c'est moi qui suis le ravisseur de votre nièce. Depuis long-

temps j'adore Ernestine, l'union que vous vouliez forme.
allait causer notre malheur, et j'osai tout entreprendre pour
l'y soustraire.

M. DUBREUIL.

Je ne sais plus que penser !

LECOQ.

Ah ! ça, qu'est-ce que cela signifie?.. elle se fait donc enlever par tout le monde!... (*à Armand*) Dites-moi, Monsieur, êtes-vous bien sûr de ce que vous venez d'avancer ?

ARMAND.

La demande est plaisante ! .

LECOQ.

Je vais vous dire. C'est que la nièce de monsieur, nous a
jeté ce matin de ce balcon un billet des plus tendres.

ARMAND.

C'est impossible.

LECOQ.

Je vous demande bien pardon.

ARMAND, à M. Dubrenil.

Je ne sais quel motif peut faire tenir ce langage à Monsieur, mais ce que je puis vous certifier, c'est qu'Ernestine
vous sera rendue dès aujourd'hui , Monsieur, si vous dai-
gnez consentir à notre union.

SCENE XIX.

Les Mêmes, CHARLES.

CHARLES.

Un moment, Monsieur, ne consentez pas; c'est moi qui
suis aimé de votre nièce, et c'est moi qui l'ai enlevée.

GRIPESOLEIL.

Comment, encore un qui l'a enlevée!.. Ah! ça, mais
c'est donc une maladie.

M. DUBREUIL.

Eh ! quoi, vous prétendez?

CHARLES.

Oui, Monsieur ; il n'y a pas une heure, que par la petite porte du parc, votre nièce a quitté la maison.

ARMAND.

Oui, mais avec moi.

CHARLES.

Non, mais bien avec moi.

ARMAND.

C'est une mystification.

CHARLES.

C'est un entêtement !

ARMAND.

J'en aurai raison.

CHARLES.

Quand vous voudrez.

LECOQ.

Un moment, Monsieur ; j'imagine un moyen qui pourra satisfaire tout le monde. Que Monsieur consente à marier sa nièce à celui qui la lui ramènera?

ARMAND et CHARLES.

Fort bien imaginé.

LECOQ, à Dubreuil.

Consentez-vous ?

M. DUBREUIL.

Je ne consens à rien ; que l'on me rende ma nièce et nous verrons ensuite.

LECOQ.

Vival !

CHARLES.

Je cours la chercher.

ARMAND.

C'est inutile, Monsieur, car la voici.

SCENE XX.

Les Mêmes, ERNESTINE, MARIANNE, SANSQUAR-
•TIER. •

CHARLES et LECOQ, surpris.

Que vois-je ?

ERNESTINE.

Mon oncle, mon cher oncle !

ARMAND.

Ernestine est moins coupable que vous ne le pensez, monsieur, et quand vous saurez...

M. DUBREUIL.

Elle est inexcusable, puisqu'elle a pu se décider à m'affli-
ger. Et maintenant, que vais-je répondre à mon vieil ami
Darcourt ?

ARMAND.

Que voulez-vous dire ?

M. DUBREUIL.

Sans doute ; depuis long-temps il m'a demandé la main de
ma nièce pour son fils.

ARMAND.

Je suis au comble de mes vœux ? Monsieur ; Darcourt est
mon père.

TOUS.

Qu'entends-je ?

ARMAND.

La vérité ; et j'étais sans le savoir l'époux que vous des-
tiniez à Ernestine.

LECOQ.

Mais, avec tout ça, nous avons pourtant enlevé quelqu'un ; qui diable est-ce donc ?

SCÈNE XXI.

Les Mêmes, MLLE. DESAMOURS, *voilée.*

MLLE. DESAMOURS, à Charles.

C'est une personne bien coupable à la vérité, mais qui n'a pu résister à la délicatesse des sentimens que vous lui avez témoignés.

(Elle retire son voile.)

TOUS.

Que vois-je ?

M. DUBREUIL.

C'est ma sœur !

(Rire général.)

CHARLES.

Sa sœur !

LECOQ, à part consterné.

C'est la vieille !

CHARLES.

Je ne m'étonne plus si elle n'a pas voulu retirer son voile en ma présence.... et moi qui prenais cela pour de la pudeur !

M. DUBREUIL.

Comment, ma sœur, vous ne rougissez pas?

MLLE. DESAMOURS.

Ah ! mon frère, l'amour est un torrent qui dévaste les plaines de la raison, et si vous ne consentez pas à m'unir à ce bel inconnu...

M. DUBREUIL.

Eh ! mon dieu, ma sœur, s'il ne faut que mon consentement pour épouser Monsieur, je vous le donne de grand cœur.

CHARLES.

Ne le donnez pas, Monsieur, je vous en prie.

MLLE. DESAMOURS.

Qu'entends-je? Perfide ! est-ce là ce que tu m'avais promis?.. tu refuses de m'épouser?

CHARLES.

Certainement, je refuse.

MLLE. DESAMOURS

Ingrat! je vais donc encore languir dans l'abandon de la solitude!

CHARLES.

Comme il vous plaira.

SCÈNE XXII ET DERNIÈRE.

Les Mêmes, GRIPESOLEIL et SANSQUARTIER.

(Gripesoleil est amené par Sansquartier qui le tient par l'oreille.)

GRIPESOLEIL.

Je tiens mon voleur de poules !.... Je le tiens !..... Je le tiens !....

(On rit.)

ARMAND.

Comment, Sansquartier, serait-il vrai ?

SANSQUARTIER , entre deux vins, levant la main.

Moi, mon capitaine, je puis vous répondre....

(Une poule tombe de dessous sa pelisse.)

GRIPESOLEIL , la ramassant.

Et d'une.....

(Sansquartier en voulant rattraper sa poule , laisse tomber l'autre.)

GRIPESOLEIL , de même.

Et de deux.....

SANSQUARTIER, confus, à part.

Sauvons-nous. (*On entend chanter un coq.*)

GRIPESOLEIL , *courant eprés Sansquartier.*

J'crois que j'entends les accens de mon coq...(*Regardant dans la sabredache du hussard.*) Il est dans la poche de son sabre. (*Il s'en saisit, tout le monde rit.*)

LECOQ.

C'est donc un poulailler ambulant que cet homme-là ?... Voyez dans ses goussets.

SANSQUARTIER.

Faites-donc des prisonniers.....

LECOQ.

C'est égal , je commence à être moins fâché de mon voyage', car enfin , grâce à nous , ce jour a sauvé l'Amour!

GRIPESOLEIL.

Et les Poules !

FIN.

IMPRIMERIE DE CHASSAIGNON , RUE GIT-LE-CŒUR, n° 7.